三間

이
곳
에
서

三間 이곳에서

찍은날 2014년 10월 16일
펴낸날 2014년 10월 23일

지은이 安亨淳
펴낸이 趙允淑
펴낸곳 문자향
신고번호 제300-2001-48호
주소 서울 양천구 목동서로 186(목동) 성우네트빌 201호
전화 02-303-3491
팩스 02-303-3492
이메일 munjahyang@korea.com

값 10,000원
ISBN 978-89-90535-48-1 03810

三間

이웃에서

• 安亨淳 •

自序

寅時
새가 소리한다
心身이 깨어난다

耳順
날이 서럽다
幼年으로 回歸한다

時空이 새롭다
새 삶을 살련다
法古者는 創新한다

甲午年 五月 스무 이틀날

Ⅰ. 時間

Ⅱ. 空間

Ⅲ. 人間

I. 時間

歲寒圖

－老松을 보고

동짓달 旣望
益善齋에서 세한도를 보았다

언제나처럼
雪寒의 강이 흐르고 있다

강고한 老松은
엄혹한 세월만큼 축이 간 몸인데

이미 오래전
直曲으로 길을 나누고 있다

빼어난 直幹은
無葉으로 畵宣넘어 가고 있고

옹이진 九曲幹은
一枝로 천고솔향 피우고 있다.

근표 동짓달 2010. 1. 3

四時

그리우니 강 풀려
물소리 싱그럽고

만나니 山雲 탄 듯
긴 하늘 바라보고

어르니 산하 밝아
죽림이 탄금하고

헤어지니 백설고요
청솔 더욱 푸르더라.

四時

春水滿四澤　　夏雲多奇峰
秋月揚明輝　　冬嶺秀孤松

庚寅 立夏 2010. 5. 5

三生修道

삼월 삼짇날
회사 뒤뜰 살구나무

매년 살구꽃을 보았지만
올해는 그 類가 다르다

바람에 꽃잎 날리면서도
꽃들 하나하나가 웃고 있다

一木에 천만화가 웃는다
千萬花가 일목에서 웃는다.

戊子 季春 2008. 4. 10

※ 살구의 일본 발음은 '사꾸라'이다.

臥牛山 95를 보며

최호철 作

소는 누워 아리수 보고 있을까
강은 흐르며 臥牛山 보고 있을까

삼개나루 곰나루 나루 없어 사공 없고
上水桃花 蘭芝 神仙 없어 靑鶴 없다

산에는 나무 같은 사람이 살고
들에는 땅 같은 사람이 빼곡하다

젊은이는 구덕 메고 낚시하러 가고
할머니는 손자와 채마밭 가꾸며 있다.

2010. 1. 4

※ 上水桃花 蘭芝는 와우산 주변 동네 이름이다.

安堅 作

夢遊桃源

그대 꿈을 꾸었는가

그대 꿈에서 깨었는가

나는 아직 꿈을 꾸려하네

생이 남은 그 날 까지.

己丑 重陽節 2009. 10. 26

공 2010

1978 그는 작은 공을 쏘아 올렸다
2010 남아공월드컵
'공은 그에게, 세종시는 그의 운명'

공은 우리 안에서 허공에 차여진다
공을 갖고 오래 있는 이는 드물다
공을 바라 튀었지만 그의 것이었다

우리는 공 없으면 우리가 아닐까
공 없으면 살지 못하는 걸까
올해는 공을 공문에 차 넣어버리겠다.

庚寅 섣달 그믐 2010. 1. 13

離散

어인 일로 만나지 못하는가
무슨 當爲로 만남을 막아 왔는가

인민을 국민을 그리 위하는가
70년 그리 민주 공화국이었나

도무지 이 算數는 어렵다
당최 된통 도무지 어렵다

所有와 序列,
그 그늘은 너무 가혹하다.

癸巳 處暑 2013. 8. 23

崇禮有情 2

삼백 사십일 년 正初
낫날부터 닷 날까지
하 오랜 풍상을 살라
아득한 세월을 잊으련다

공자는 克己復禮라 했고
三峰은 예를 존숭하라 했는데
길들은 직선으로 내달리고
門은 한 점, 섬으로 몰리었다

옛 님 없으니 옛 문 소용없고
푸른 어깨 없으니 따스한 손발 없다
낮엔 각시 수문장이요
그 밤엔 노숙자도 없었다

육백년, 오가는 이 많아서
깃발 든 洋夷도 보았지만
官은 그냥 있는 게 낫고
民은 슬퍼 세상엔 情이 없다

옛 님 따라 가고 싶다
옛 강처럼 흐르고 싶다
甲子가 열이니 머묾이 오래다
時空 너머 어디 메 가고 싶다.

檀紀 四千三百四十一年
戊子年 正月 초여드레
2008. 1. 8

春雪

춘설이로다
戊子 정월 열아흐레 눈이 나린다
임자 바뀐 반도 땅에 눈이 나린다

타고 또 타고
추락한 땅에
분노의 바다에 눈이 나린다

욕망과
아주 가까이 있는
또 다른 욕망에도 눈이 나린다

江에도 山에도
인간만 사는 땅에 눈이 나린다
허허로운 江山에 눈이 나린다

천천히
오늘 그리고 내일
땅과 바다에 나비처럼 눈은 나린다.

2008. 2. 25

戊子섣달 龍山

눈 내리는
설 前 전야前夜

탐학과 분노가
이글거리는 거리

한 몸인데
나누지 못하고 편 가르는 산하

춘설이여
한 백년 올 듯 내리어라

너와 나의 산하가
백설로 하나 되는 날까지

그리고 어언 새봄
아무 날 아무 시

아직 차가운 잔설 위에
다만 한 생명으로 다시 태어나

가장 낮은 자세로
오직 생명만을 찬양하게 하라.

2008. 12. 30

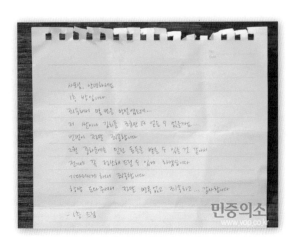

최고은 작가 영전에 올립니다

詩이다!
이 거지같은 市場
'시크릿가든'을 보며 세월이 간다
日俸과 年俸이 같은, 구제역 같은 세상
육이오 후 육십년, 유난히 추웠던 지난겨울
당신은 금세기 한반도 최고의 詩를 쓰고
남은 이들이 써야하는 시나리오를 기다리고 있다
어둠을 넘어온 샛별 같은 藝人
꿈의 문턱을 넘고도 이곳을 떠났다.

代道林作
辛卯 上元에 쓰고 甲午 夏至에 고쳐 쓰다.

22

共和國 급식표어

'우리 아이들은 차별급식을 원하지 않습니다'
'무상급식은 꼭 필요한 아이부터 단계적으로'

이 논쟁의 수요자인 아이들에게 물어봅시다.
이 논쟁의 생산자인 어르신들이 결정합시다.

기회균등으로 양극화를 무너뜨려야 합니다.
애시당초 서열은 최선을 다해 지켜야 합니다.

야만의 땅
富도 權力도 세습하는
허리가 동강난 야만의 땅! 共和國？

아이들에겐 세상을 꿈꿀 수 있는 천부인권을,
청년들에겐 세상을 가꿀 수 있는 공정경쟁을,

辛卯 경칩 2011. 3. 6 倉洞

뼈 속까지

A라더니 A 아니고
B라더니 B 아니다

도덕과 종교가 없었다면…
도덕은 옥죄고 종교는 치유한다

학교와 재벌이 없었다면…
학교는 순응이고 재벌은 앗아가고

언론은 검열받고 侍中은 튀고,
통령은 재벌되고 재벌은 尖塔

굶은 그들에게 곳간을 맡기다
부른 그들에게 망치를 맡기다

미워도 했다 사랑도 했다
허나 그들은 都城 사람이다

권력의 그늘이 무섭다
자본의 그늘이 차갑다

진실은 없다 하나도 없다
허나 부처님 손바닥이다

부시시한 市民의 눈,
알바에 내몰린 청년의 기상

새천년 새누리, 새시공에서는
새시민이 떨쳐 일어나야만 한다.

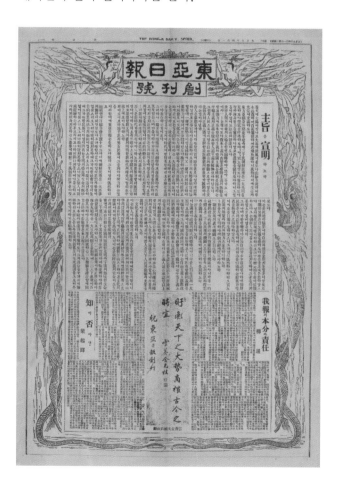

仙鶴洞

거울 하늘에 두루미 난다
겨울 들녘에 두루미 산다

하얀 옷에 검은 선
붉은 점이 신선하다

저들은 胡주머니가 없다
날개를 자유로 사용 한다

시베리아에서 임진강까지
남북을 자유로 왕래 한다

우두머리는 어이 뽑을까
마음이 많을까 힘이 많을까

善하면 잘 사는 마을 없을까
弱해도 살 수 있는 곳 없을까

거울 하늘에 두루미 난다
겨울 들녘에 두루미 산다

뚜루 뚜루 뚜르르 두루미 난다
차갑고 맑은 겨울, 하늘을 난다.

壬辰 冬至 2012. 12. 21

孟骨水道

바다는 萬象을 품고 파도친다
땅은 萬有를 키우며 요동한다

길손은 그 곳 지나며
그 기운 살펴, 길을 가야 했다

이 길손 어느 해 봄, 어금니 물고
삿된 物權에 마음을 앗겼으니

겉과 속이 달라 말이 메아리 없고
제 일은 하지 않고 제 욕심만 가득해

善함을 가져가 惡을 징계하는 신이
눈물어린 눈에 희망을 앗아 갔으니

아마 나쁜 신의 作亂일거야
아냐 나쁜 손의 작란이 분명해

손은 일하고 물건 나르며
작은 길로 마음을 날라야 했는데

거대 物權만 남고 남은 희망이 없으니
길손은 제 그림자 제 밟으며 가야 한다.

甲午季春 無望三間

27

펭귄

서로의 체온으로
동그라미 그려 서서

아리랑 돌고 돌아
낮밤이 오고 가서

혹한을 녹이다가
한 순간 허기 들면

친구의 등을 쳐서
바다표범 몰아내니

世上事 이와 같아
위험하기 짝이 없다

삶이다 사랑이다
生死間이 그러하다.

2012. 4. 19

문 밖에서

문패를 내리고
문안을 나선다

紅顔으로 들었는데
백발로 나서는구나!

市井에 아는 이 없으나
江山는 옛적에 다름없다

푸른 산 굽이쳐 반기고
맑은 강 살랑여 웃는다

山은 소리 없이 살라하고
江는 별빛 소리 듣자한다

돌아온 江山은 여기 있고
두고온 歲月은 거기 있다.

壬辰 仲秋 2012. 09. 22

星霜四十年

옷을 지으며 갑옷인 줄 몰랐고
슬하 떠나며 그늘 천리 몰랐다

봇짐을 싸며 羅針板을 몰랐고
고향 떠나며 歸去來를 몰랐다

行裝을 메고
한사코, 무지개를 찾아 갔더랬다

이제, 無等의 삶을 알 듯한데
어언 星霜, 他鄉 四十年이 아련타

신세계도, 고귀한 삶도 없었다
신기루와, 고단한 삶이 있었다

찬 서리바람, 가슴 얼리며 오고
먼 별빛, 이제, 눈에 아롱져 있다

이 行色 이 沒骨, 雨中行客으로
빈 배낭으로, 단풍지는 고향에 온다

菊香, 비갠 뜰에 피어나고
父兄, 靑眼으로 반겨 나오시니

山野松竹 草屋골목 옛 그대로이고
누런 소 음메 울고 누렁이 꼬리친다

무지개
五色 고향툿天을 건너고 있다.

癸巳 季秋 2013. 10. 22
고교 졸업 후 사십년, 報恩行事날 쓰다.

탄은(灘隱) 이정(李霆) 作
— 澗松美術館 四君子展

風竹

靑竹이 바람에 맞서고 있다
一步도 물러서지 않고 있다

북서로 角을 세워 陣을 치고
동남으로 어깨 걸고 일어나 있다

石竹이 선풍旋風 앞에 서 있다
巖頭에 뿌리 내려 서 있다

日月이 차가와도 푸르고
보는 이 없으니 더욱 푸르다

風竹이 八風을 맞이하고 있다
萬古風霜에 一處를 지키고 있다

가슴을 비워 곧음을 노래하고
온몸을 눕혀 風塵을 살아내고 있다.

2011. 5. 19

* 간송미술관은 五月과 七月 셋째주에 기획전을 연다.

2010 忘年

옷 오래면 올 헤지듯
날 지남에 삶 차웁다

삶은 얼려 풀리지 않고
故鄕은 멀어 되가기 어렵다

春草는 秋草 되었고
霜葉은 落花時節 그립다

雪中 裸木으로 서 있다
먼 서녘, 山河, 바라보며 있다.

庚寅年 섣달 2010. 12. 18

2011 忘年

어화! 벗님네야
無情歲月 슬허마소

세월 가도 봄은 오고
기다림 길어도 꽃은 피네

이 봄도
萬化方暢 중 꾀꼬리 울고

나비난 청산의 봄빛
날개 가득 싣고 온다네

뉘라서 '春草는 秋草 되었고
霜葉은 落花時節 그립다' 했는가

아서라! 봄빛이 滿乾坤하리니
東天 바라보며 淸明時節 그려보세.

辛卯 冬至 2011. 12. 22

술을 마시고

- 滄川洞 法古創新齋에 부치다.

어제는 술을 마시었네
靑春처럼 마시었네

限量없이 마시었네
마셔도 마셔도 적셔지지 않았네

옛님이 말했네
취해 깨지 않겠다고

옛벗이 그랬다네
酒泉의 술, 동을 냈다네.

甲午 季春 2014. 4

正初

詩를 쓰는 것은 슬픈 일이다
不眠에 쓰는 것은 더욱 슬프다

그런대로 한세상 살지 못하고
아쉬워 서성이며 있기 때문이다

詩를 쓰는 것은 기쁜 일이다
五更에 쓴 시는 이제 또 새롭다

이런대로 한세상 살지 못하고
고향에 가, 다시 왔기 때문이다.

壬辰 正月 初아흐레 2012. 1. 31

봄

1

때는 봄
그대는 나의 봄
나는 봄 속에 있다.

2

봄 속에 있지 않고
봄 보며 何念 없었다

여름은 다만 무더웠고
가을은 아무거 없었다

그리고 겨울!

철 덜든 내 뜨락엔
四季가 함께 산다.

甲午 季春 삼짇날

不可思議

나에겐 적은데 많은 게 둘 있다
하나는 시간이고 하나는 돈이다

시간은 살날은 적은데 심심해서이고
돈은 가진 건 별론데 쓸데가 없어서이다

살다보니 '적은데 많다'는
命題가 내게 성립되니

있는 건 없는 거고, 없는 건 있는 건가
山은 물이고, 물은 山인 건가

세상의 말들은 맞고도, 틀린 걸까
其中一味를 따라, 사람들은 오가는 걸까.

甲午季夏 2014.6

除舊布新

태양아래 새로운 것은 없다
그림자 없는 사물은 없다

사철이 새로우나 새롭지 않다
을지로 순환선처럼 가고 있다

사물은 변화하나 되돌아온다
아는 것은 우리 안의 일이었다

그러나, 나 안의 나는
늙어 가면서 굳어 가면서

늘 알고자 하고 새롭고자 한다
태양은 날이었고 그림자는 씨였다

날이 춥다. 그림자 길다
사람은 가고, 그림자만 서성이려나.

壬辰 섣달 旣望 2012. 1. 9

II. 空間

山水

뉘 물에 가고
뉘 산에 간다

산에 간 이, 물 멀어졌다 하고
물에 간 이, 산 떠났다 한다

사람들아
뉘 나누라 했던가?

삶이 짧다
山水間에 日月이 좋다.

甲午 季春 2014. 4. 13

* 大韓民國 建國節
  1919년 4월 13일은 上海政府 수립일이다.

44

—

겨울 澄心寺

눈 속에 피어난 빠알간 까치감
하얀 옷을 입은 시누대 푸른 눈동자

팽나무 古木아래 모닥불 피우고
春雪茶 달이는 소년

둥근종 땅을 두다려
지금은 參禪의 시간

둥근달 아래 無等山
날아 넘는 까치 세 마리

먹구름 산을 가려도
칠 흙의 산 위로 떠오르는 소년

※ 無等山 證心寺의 본명은 澄心寺(징심사)이다.

北間島

北天
호젓한 산길

자작나무
끝없이 이어져 있다

날은 차고 물은 맑다
해는 멀고 별은 가깝다

뚜루 뚜루 어디선가
靑鶴 무리지어 날아온다.

庚寅 季春 2010. 5. 8

慶雲洞春

허름한 木造이층, 김치찌개 집
문설주 옆 木蓮이 하양 어여뻐

골목 건너, 水雲회관 산수유
담벼락 넘어 연노랑 머금었다

할 일 없이 언제 피냐 물으니
빵모자 주인, '곧 핀다' 답한다

아무렇지 않은 답에 看板을 보니
'김치찌개 집' 그대로 쓰여 있다.

辛卯 二月 열 나흗날 2011. 3. 18

李處士네 楊平집

해발 800미터 仲美山 기슭에
황토로 집을 짓고 산을 향해 앉아 있다

문 앞 층층나무에 꾀꼬리 날아드는데
어느 해엔 스무마리 너머 앉았다지

안개 젖은 검은 산, 하늘 닿은 능선이
신비 더하는 밤, 處士는 무얼 생각할까

손님이 오니 용담화 피어나고
강아지 반겨 뛰는 산골에 산다.

2000. 10. 10

꽃망태

三仙이 노닐던
삼선교에서 망태를 사고

故鄕을 추억하는데
어디선가 꽃향기 그윽하다

푸리지아와 안개꽃
카네이션, 장미 실은 꽃마차

생각 없이 망태에 담아
산꽃 꽂은, 나무꾼 되어 돌아왔다.

丙辰 三月 2001. 3. 25

羅漢山 仲秋

萬淵寺 배롱꽃에
紅燈이 피어있다

無等의 山들이
萬蓮으로 피어있다

부처의 눈은 慈悲를 내리고
衆生의 몸은 절을 올린다

사바에 비 개니
가을 햇살 화사하다

一谷 草蟲이 合唱하니
萬山 丹楓이 華嚴하다.

辛卯 仲秋 2011

酒泉

술아 술아, 술술 넘어가는 술아
너는 어디서 와서, 어디로 가느냐

深深山川을 나와 酒泉에 머물다
어느 손 어느 발품을 빌어 왔느냐

너 한잔에 꽃이 피고 새가 울고
부슬비 내리고 丹楓이 가득하니

술아 술아, 술술 넘어가는 술아
인생길 어디에 너만한 이 있다더냐

너 만한 美人이 어디 있으며
너 만한 豪傑이 어디 있다더냐

술아 술아, 고맙다고
酒泉에 전해다오 深山에 전해다오.

壬辰 正月 2012. 2. 13

詩川

詩야 詩야
詩人아 詩人아

저기 저 전라도
寶城땅 福內에 가면

詩川 詩川
시냇물이 흐른다 하더라!

詩人아 詩人아
너는 어데서 와서 어데로 가느냐?

神과 人, 사이에
너가 있어 시가 있고

산과 들, 사이에
시내 있어 너 있다 하더라!

詩야 詩야
詩人아 詩人아

시냇물 흘러가듯
詩川 詩川 너 가고 있구나!

시내 되어 세월 되어
저 산 저 들녘 가고 있구나!

辛卯 섣달 초사흗날 2011. 12. 27

* 民推 同學. 沈雨燮은
  보성 詩川과 광주 鶴雲洞에서,
  松潭선생님 門下에서 배웠다.

  89년 여름, 어느 날 아침
  所台洞에서 그를 보았다.
  韓服에 댕기머리로 學徒들과
  선생님을 모시고
  배고픈 다리를 건너고 있었다.

  古畵이었다.
  逍遙, 散策은 그리하는 것이었다.

  이 글은 詩川 시내에서 천렵하였다던
  雨燮의 이야기를 그리며 썼다.

* 詩는 寺院에서 먼저 사용되었다.
  寺院은 햇빛을 먼저 받는다.

詩山

詩야 詩야
詩人아 詩人아

저기 저 전라도
井邑땅 七寶에 가면

詩山 詩山
산들이 떠간다 하더라

山아 山아
너는 어데서 와서 어데로 가길래

뭍과 날 사이,
새가 되어 날아 가느냐

뭍과 바랄 사이,
섬이 되어 떠나 가느냐

* 井邑市 七寶面 一帶는
百濟時代 大尸山郡에 屬해 있었다.
東津江 本流가 흐르고 있다.

54

詩야 詩야
詩人아 詩人아

산들이 떠가듯이
새들이 날아가듯이

詩山 詩山
너 가고 있구나!

山이 되어 새가 되어
저 바다 저 하늘, 가고 있구나

외로운 구름따라
걱정 없는 세상 찾아

찬내 되어 섬이 되어
山內 山外를 거닐며 가고 있구나.

甲午 重陽節 2014. 10. 2

※ 섬(島)은 바다위에 떠있는 새(鳥)이다.
  새(鳥)는 하늘위에 떠있는 섬(島)이다.

詩人

어느 별에서 왔는가
어느 산 어느 꽃의 손짓을 받아
어떤 日月을 어찌 건너 왔는가

그리고 무엇이
그대를 그토록 애타하며
그 江山 그 바람 속에 서성이게 하는가

떠나온 별을 그리워하며
떠날 수 없는 땅을 사랑하며
그대 그 二律에서 노래하는가

그대의 노래
언 날은 별빛 같아 차갑고
언 날은 날빛 같아 따스우니

그대는 陰陽의 調停者
神이 보낸 나그네
사슴과 짝패하며 오작교 놓고 있구나.

나루터에서

먼 산 가까이와 산들거리고
긴 강 멀어지며 가물거린다

동지 지나 暴雪 왔는데
입춘 가니 春氣 어린다

正月을 맞이하는 강가
사람들 벅적이며 가는데

어찌 갈까 어디 갈까
어인 얼굴 이 行色으로

남들은 風樹를 嘆하는데
不肖는 一樂이 부끄러워

殘雪 무거운, 산하 바라보며
화톳불 가에, 서성이고 있다.

근표 섣달 초이레 2010. 1. 21

58

禪客

홀로 간다
저만치 간다

청솔 아래 간다
晨明을 가고 있다

道 멀어 四圍寂寞이요
苦 길어 常時同行이다

삿갓 각지고 緇衣 바랬다
法杖 簡長하고 바랑 가볍다

靑山 아스라이 기다리며 있다
솔향 언제까지 따라오며 있다

滿月 아래 三世 시방세계 가고 있다
청솔 지나니 晨明, 사바에 滿地하고 있다.

己丑 섣달 스무 여드레 三間合掌

* 己丑立春
  梵舟스님 그리신 '禪客圖'를 보며 쓰다.

꽃동네 아리랑

꽃동네 산골동네 첩첩산중 분지동네
아리따운 집들이 아기자기 모여 있다

아리아리 서리서리 아이들 소리하니
淸朗한 그 氣像이 예전에 다르구나

마른 논에 물이 돌고 찬방에 불이 든다
아픈 이도 함께 웃고 성한 이도 함께 운다

너나없이 손발 맞아 한몸이 움직이니
아리는 사람의 꽃 세상에 꽃씨 난다

四方은 잔설나목 스산한 겨울산인데
雪寒에 아리망울 여기저기 피어나니

俗人은 고개 숙여 가슴에 눈물 고여
반추하며 반추하며 고개 넘어 나오는데

어느 적 무릎 꿇어 세상을 섬겼으며
어데서 소리 없이 일한 적 있었던가

언덕에 바람 대차 시야 트이는데
나는야 세상에 내아림이 다 이었다.

2010. 1. 28 꽃동네 사랑연수원 언덕에서

아리랑
– 되너미고개(적유현 狄踰峴)를 넘다

춘삼월 벚꽃 아래 한 사내가 가고 있다
연분홍 꼬까 입고 훠이 훠이 가고 있다
아리아리 아리랑 아리랑고개 가고 있다

갓 피어난 木蓮아래 백발사내 가고 있다
하이얀 마고자 입고 꺼이꺼이 가고 있다
서리서리 서리랑 서리랑고개 가고 있다

아리어 서러워, 가고 오지 못할 길
아리 아리 아리랑, 서리 서리 서리랑
가슴에 雪山 품고 먼 靑山에 가고 있다.

壬辰 三月 2012. 4

茶香

그리움
어이 길어

차 향
이다지 길까

아침이
이렇게 오는 것을

하 세월
동녘하늘 바라봤나!

근표 섣달 2010. 1. 18

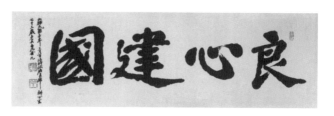

建國빌딩 屋上에서

鷹峯이 보인다
仁王山 一角과 昌慶宮 一片이 보인다
鐘路署 角진 모습은 옛 그대로이다

稅務署 옆으로 洛山이 언뜻 보이고
멀리 아차산峨嵯山이 어른거린다

목멱木覔은 빌딩에 가렸고
興仁敦義 崇禮弘智 普信閣 안 보인다

嘉會坊 全景만
아름다이 北村 韓屋으로 남아있고

監査院 건물은 하얗게 돌출해 있다
國情院 별관은 더 하얗게 삐져나왔다

日 大使館은 하늘 향해 瞻日하고
또 四方 향해 向日하며 기다리고 있다

美 大使館 官邸는
光化門옆 언덕에 조요히 앉아있다

三星은 三柱위에서
五方을 眺望하며 存在하며 있다

새 苫上을 여는 開闢소리 둥둥 정정
水雲會館에 일어 白嶽을 울리고 있다.

甲午 孟秋 초닷새 2014. 7. 31

清貧多福
– 甲午仲秋 戌時 堂고개

佛岩山, 부처님 무릎위에
한가위 보름달이 뜬다

그윽한 靈山에 올라서며
당고개 神堂을 비추인다

姮娥 닮은 두 母女가
달을 向해 合掌하고 있다

고향가지 못한 바쁜 이들도
멈추어 옛 달을 그리며 있다

강아지 고개 들어 반겨 짖고
가로수 잎새는 환히 웃는다

商家 간판과 民家 불빛은
半圓을 그리며 水月來한다

서울의 艮方,
佛岩에 보름달이 뜨고 있다

水落山 上溪에
月光이 水光되어 흐르고 있다.

甲午年 仲秋節 2014. 9. 8

斷想

1

삶은 사랑이고
사랑은 삶이다

live는 love고
love는 live다

삶은 사람이고
사람은 사랑이다.

2

松嶽山 오름
사위 고요한데

범나비 한 쌍
놀고 있다

나리꽃 군락은
參禪중이다.

3

어! 하다
아! 가니

인생은
我不思다.

4

여기는 타관
오늘은 타일
당신은 타인

언제나
타관인 것이
인생인 것을

5

살아 질 것인가
살아 날 것인가

살려면 미쳐야 하고
미쳐야 살 수 있고

바람 불어 밀려 가고
바람 자니 돌아 오고

6

빛은 그림자를 낳고
그림자는 빛을 그리고

삶은 죽음을 낳고
죽음은 삶을 그리고

癸巳 섣달

7

아무거 아닌데서 아무거를 꿈꾸다
아무거 아닌데 빠져 아무거를 잃다

無何有 逍遙遊 無所有
何有는 勿論
逍遙 所有 구경도 못했다.

癸巳 處暑

8

나는 양파다
나는 양파가 아니다

아니고 기고
세월은 그리 가고

甲午 季秋 초하루

9

名山은 없었다.

山은 山이었다.

아니 大地이었다.

庚寅 季秋

10

길가에 코스모스
외롭게 홀로 서있네

손이 없어 먹지 못하고
발이 없어 걷지 못하고

길가에 코스모스
외롭게 홀로 서있네

己巳 長平西校 白日場

江華

– 喬桐鄕校에서

江들이 만난다
三江이 만난다
세나라 네나라 다나라
이 강, 祖江에서 만난다

사람이 다투고
나라와 나라가 다퉈도
江들은
祖江에서 서로 만난다

섞이어 흐른다
세차게 쓸리어 흐른다
밀리어 온다
못내 슬혀 다시 돌아온다

江들이
섬을 에우고 소리한다
山들이
꽃으로 피어 응답한다

莊嚴타
江華여
萬歲前부터 江華이었더라
江華는 진정 鳳凰이었더라

※ 喬桐鄕校는, 高麗末 安珦이 孔子像을 모셔와 奉安한
  우리나라 최초의 향교이다.

73

Ⅲ. 人間

歸天
− 仁寺洞 歸天에서

열 평 땅에서 세상을 보았다
오래된 교복 사진이 살 떨린다

한잔 막걸리면
한날이 좋았다

푸른 영혼도 붉은 가슴도
새처럼 자유로웠다

육신의 나래 天使보다 가벼웠으니
다시 지상에 오실 리 없으실 터

사람들은 소유를 따라
何念없어 끝없고

靑山은 시내 되어 흐르고
詩人은 귀천! 귀천! 가고 있다.

庚寅 孟冬 2010. 12. 3

一葉無帆

어제에서 내일까지 線을 이었다
線은 여렸으나 이제 강물 같다

강물 같은 歲月, 흰 구름 가고 있다
강가 버들이 슬허하며 흔들린다

이 山이 보고 저 山이 보고
그 너머 山이 아스라이 보고 있다

언제 적 봄이던가, 범 사냥도 하였다
靑天은 쏟아졌고 秋江엔 고기도 많았다

두루두루 두루미 오가던 날
靑山에 기린마 타고 江山 白雲 보았는데

이제 가야한다 강물 되어 가야한다
이 山 저 山 그 너머 산이 멀어지고 있다

점은 線이 되고 그림이 되었고
날은 色이 되고 그리움이었는데

이제 山은 남고 江은 간다
그리움아 그림아 흰 구름도 멈춰 있다

風雲 고요한데 無心에 앉아 상앗대 놓고
點이 되어 線이 되어 가고 있다.

藍丁 朴魯壽님이
癸未年 艮園에서 그리신 一葉無帆圖를
德壽宮에서 보았다.

庚寅年 三月 삼짇날

謹賀新年

辛巳 元日

그 분은 눈나리는 중
만개한 동백 한가지에
참새 한쌍 얹어 부친께 보내왔다

화제는 雪中二友이고
한 벗은 가까이 내려 보고 있고
한 벗은 멀리 치켜 보고 있다

그 분은 화가였고
부친은 화상이었다

그 분은
상고 나와 정치인 비서하다
어찌 어찌 화가가 되었고

부친은
초등 나와 동란 중 순경하다
어찌 어찌 화상이 되었다

그 분의 호시절은 아무래도
동백매화에 참새 그리던 시절이고

부친 호시절은 아마도
野丁 그 분 지필묵 대던 시절 같다

두 분은 60년 가까이 사귀셨는데
雪中 동백처럼 허허로이 돌아가셨다.

甲午年 元日

頌竹歌

- 竹夫 李箎衡선생님 萬壽를 축원하며

竹園의 處士를 자임하여
一生 一處를 지켜내었다

巖頭에 뿌리 내려
西風 앞에 서있었다

가슴을 비워 곧음을 노래하고
몸을 젖히어 굽히지 아니했다

日月이 차가와도 푸르고
보는 이 없어서 더욱 푸르렀다

日月 향한 외길
그 길로 靑史를 이어내었다

荒園에 一竹으로 일어
一萬 竹林을 일궈내었다

竹園은 四季節 靑山이고
主人은 一處를 떠나지 않으니

日月이 淸風을 타고와
竹林에 逍遙, 彈琴을 즐기누나!

※ 선생님의 竹園은
　名利가 떠나고 仁義가 돌아올 자리입니다.

　부디 이 竹林書院에
　午睡老翁 되시어 萬壽하시기를 빕니다.

　선생님의 經學과 德望을 사모하여
　不省한 저희들이 삼가 이 글을 바칩니다.

　壬辰年 十月 十日
　漢文敎育科 七四學番一同

難得疏通

−絅人 林熒澤선생님 퇴임에 붙여

1. 難得

그릴 수 없다, 그려지지 않는다
線으로 구조화가 힘들다

그릴 수 없는 이를 그리려 하다니
그의 모습은 始終如一

얼마간 無心하면서
얼마간 情깊은 모습으로 저만치 서있다

그의 교실은 여직 소문만큼 까다롭고
그의 글은 소문만큼 古今에 통한다

그의 配慮는 멀어서 왠지 서먹한데
살면서 마음에 머무는 것은 왜일까

그의 顔色은 밝지 않고 服色은 허름한데
그를 감싸고 있는 剛健함은 무얼까

산은 샘을 낳아 멀리 보내는데
그의 山은 어디 메인지 궁금하다

수리 높게 날아 멀리 보는데
그의 眼目은 어디서 오는지 알고 싶다

천년을 오가는 그의 體力과 그의 精神力은
어떻게 길러지고 어떻게 陶冶되었던 것일까

무릇 떠남은 슬픈 것인데
그의 떠남은 그리 슬퍼 보이지 않는다

사람들은 떠날 때 외투를 꺼내 입는다는데
그의 가슴엔 추위를 이기는 무엇이 있는가 보다

저물녘 그림자 길어지는데
그의 그림자는 아직 짧고 마음은 日常인 듯하다

삶의 길은 매듭이 있으나
學問의 길은 매듭이 없다

春雪 고요히 내린 成均館 교정에
아침햇살이 靑春처럼 그의 연구실을 비추인다

그의 歲月이
튼실한 架橋로 빛나고 있다

다향 蘭 끝에 스미고 묵향 韓紙 위에 머문다
아마 그는 江山의 一員으로 남을 것 같다.

2. 疏通

삶은 사랑하여야 살아지는 것인데
글은 그리움이 있어야 그려지는 것인데

님은 어이해 이 외진 古典을 찾아
추운 날, 홑옷으로 외곳 옛길을 걸으셨나

山 깊어야 仙人이 살고
江 멀어야 沙工은 배를 띄우난데

님은 어이해 江山 변한 이 곳에서
오랜 날, 산길을 열고 물길을 트시었나

님의 삶은 山에 있고 글은 江에 있으니
山은 사랑이었고 江은 그리움이었네

뉘 알랴, 세상은 통째로 보아야 하니
통속에 잠긴 사람의 마음을

먼저 간이와 나중 온이는,
간이가 있어 온이가 있고
온이가 있어 간이가 있음을 알아야 할 것이다.

2009년 2월 21일 不肯 安亨淳 올립니다.

'熱河日記 완역'에 부쳐

弱冠時節 泮宮에서 그대를 보고
이제 都下新聞에서 그대를 본다
기질 奇古하고 호흡 悠長하더니
一世연찬 一呼편철 하였구나!

燕巖, 要害 熱河에 다녀와 二百星霜
東亞의 하늘은 海雲 寒風 교차했다
그대 열하에 오가기를 十餘 春秋
靑丘의 하늘은 外風 사방에 자심하다

綠水 건너 號哭한 이 누구던가
어제가 오늘이고 오늘이 어제이다
묵정밭 갈아 萬頃 일군 이 누구인가
북녘에도 있고 남녘에도 있구나!

永樂疆域 넘어 山海關 가며 하늘 본다
날 기록하며 별 바라보며 가는구나!
文物이 만나는 이 要害에서 하늘 본다
글 바꾸어 뜻 전하며 靑丘에 서 있구나!

寄金血祚教授 庚寅年 立夏

高師觀水
　　－ 司諫 선생님 古稀에 부처

세상을 보려거든 산에 오르고
세상을 살려거든 강에 내려라
이 사람도 저 사람도 사는 세상
彼岸은 없으니 한걸음 물러나라

청명한 공기 같아 소리 없었으니
사람들은 그가 있는지 몰랐다
앎은 泰山, 언행은 氷山이어서
세상은 그를 볼 수 없었다

그는 언제든 어디에든 있었으며
見聞 思惟하고 있었다
포근한 氣色, 남루한 衣冠으로
저자에 거닐며 名利를 멀리했다

손에 들린 新聞, 불룩한 개비
常時 그 모습에, 少年처럼 맑았다
버려진 器物에 관심을 보이고
뿌려진 廣告에서 時流를 읽었다

知天命을 넘어온 학생들은
지금도 그의 受業을 이야기 한다
멀어져서 보이는 산의 그늘에서
그리워 잊지 못하는 그의 敎室을

그의 古界史는 재미난 이야기,
동그라미 그리며 외우지 않았다
나비효과 같은 雄大한 흐름,
나무도 숲도 함께 이야기 했으니

그의 足跡은 이 땅에 있었으나
好奇心은, 안가는 곳이 없어
라틴 히브리 산스크리트,
티벳 네팔 몽골어를 공부 했으며

그의 眼光은 옛朝鮮 넘어 黃河,
고비 지나 에게海에 이르렀으니
세상 識見은 어제 오늘 넘어,
내일을 보고 있었음이 分明하다

그는 左右를 가리지 않았으며
어디 메 가는지 말하지 않았다
그의 四方은 열려 있었으며
接人은 따스하고 섬세하였다

그의 討論은 오늘 끝나지 아니하고
공부 역시 오늘 끝나지 아니하였다
그의 資料는 쌓여 倉庫에 가고
해 걸러 金枝玉葉 어딘가에 갔다

선비는 나라의 洪福이라던데
밝은 교실은 나라의 未來라던데
深山, 한 선비 깨달음은
風水 따라 市井에 이른다하던데

지금 그는 어디 메, 어느 언덕에서
어느 개, 어느 시내 보고 있을까
청솔 타고 가는 淸風을 즐기며
달빛 실어 가는 물소리, 듣고 있을까

그는 걸었다. 이야기가 있는 곳이면
누구든 어디이든, 아침이든 저녁이든
興에 겨워 걸었고 눈은 빛났으며
表情은 맑고 生氣는 넘쳐 났었다

그의 人間世 탐사는 中天이어,
豆滿 遼河 黃河건너 고비 지나있다
그는 이리 神妙하며 저리 素朴하여
살갑기 村老같고 멀기는 高師같다.

壬辰 초파일 不肖 安亨淳 拜上

※ 不肖는 侍者였던 十餘星霜이 자랑스럽다.
  不遇는 그의 知遇가 산소였고 양식이었다.

  三角山 매봉자락, 山들이 섬처럼 떠 있는
  都市에서, 그는 甘露水였고 오아시스였다.

  司諫선생님은
  戊寅年, 서툰 시와 글을 監修해 주셨다.

  그가 떠나고 八年이 흐르고 이 글을 쓴다.
  그는 떠나며 '新風에 수고 많겠다' 하셨다.

  去年 가을, 선생님을 모시고,
  白岳에 올라 紫霞門으로 내리며,

  京畿一圓과 서울山河, 天地四方을 보았는데
  '내 그대 만나 七旬에 北岳에 올라봤네' 하셨다.
※ 司諫 선생님의 自號는 「늦게」이다.

鬱山바위

    - 權奇允 教授의 '울산바위'를 보고

內雪嶽 하늘, 먹구름이 옅어지고 있다
볕은 東에서, 바람은 西에서 오고 있다

山麓은, 楓葉이 지난 계절을 묻고 있다
울산바위는 이제 겨울을 맞으려나 보다

기억에 海松香 산들대던, 靑春의 날
울산바위를 흔들바위에서 바라보았는데

그리고 日月을 보내는 月曆에서
눈 맞은 울산바위에 날빛내림 보았는데

어제 옛 친구를 만나 울산바위를 보고
外雪嶽, 朝雲晩秋를 그린 藝人을 보았다.

              근표 시월 초닷새 2009. 11. 21

餘韻
　　- 歌客 여운兄, 回甲에 드리다.

폐부 울리는 그 소리
그 어디 메에서 오나

가슴 깨우는 그 정감
그 어디 개에서 오나

靑山 높이 넘어 와서
晴江 멀리 넘어 가니

神仙이
靑鶴 부르며 가는 구나.

　　　　　　　　　　戊子 仲秋佳節

※ 여운兄은 대구 大倫高 야구부 투수였다.
　　68년 『과거는 흘러갔다』를 발표했다.

半月知命

꿈 이었던가 꿈 아니었던가
꿈은 長夢 일만 팔천일이다

나 이었던가 나 아니었던가
나는 無我 백설 滿乾坤하다

산 넘어 가야 靑山이 있고
강 멀리 가야 大海가 있다던데

參星 바라 半月로 띄우셨으니
虛空 둥실 滿月로 밝히소서.

己丑 섣달 열이레
參星半月스님 法臘五十年 三間 合掌

94

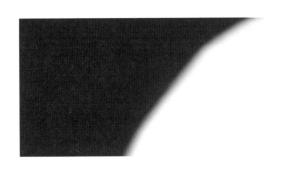

다시 길에 든다

無心세상
有心이 봄빛이요
有心세상
無心이 꽃빛이라

春水 滿澤하니
魚龍 滄海에 들고
綠水 靑山하니
丹頂 北村에 난다.

參星半月禪師 座下
法然法師 俗家故友 三間合掌

庚寅年 三月
參星半月禪師 座下 三間合掌

三虞祭

아비를 살라먹고
춘삼월 벚꽃 밑을 걷는다

봄바람이 살랑인다
백발의 사내가 울고 있다

끊어지지 않네
육십년을 함께하고도

이어지지 않네
저승이 迂萬里라

그늘은 천리를 가고
그리움은 몇 里나 가려나

不肖한 이 몸
生前에 不孝가 얼마였던가

아비는 유언하려 했고
아들은 듣지 않으려 했네

아비는 울었고
아들은 우시지 말라 했네.

庚寅年

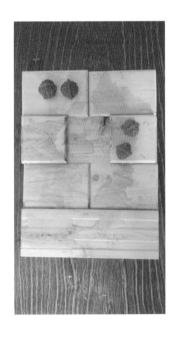

正雨 兄에게

청자빛 하늘가
검청색 金城山 아래 兄을 눕히고

이제 보지 못하고
그리어야 하는 삶을 살아야 한다

하늘이 정한
삶이 짧아 그리움이 긴걸까

우리는, 가고자하여도 가지 못하고
오고자 하여도 오지 못하는, 섭리위에 있다

만났던 날들이 별처럼 반짝이니
깊은 생각 소탈한 언행이 아련하니

넉넉한 품새에 微笑 짓는 얼굴이
하늘 가득 떠오르니

삼만 육천날이면 무어하리
哀嘆은 내 생각, 형은 하늘에 있으니

아득한 청자빛 하늘가
별처럼 떠오르는 삶으로 있으니

乙卯年

98

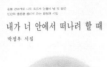

※ 朴正雨 兄은 대학시절 知友이며 義兄이다.
　건축과 재학 시, 한해 일곱 개의 자격을 취득하고,
　대학원 재학 시, 國展 건축부문에 특선하였다.
　계명문화대학 교수로 재직했다.

　兄은
　大凡하면서도 纖細하고, 優雅하면서도 소탈하다.
　詩書畵에 뛰어났으나,
　知天命 前, 병마를 만나 저 곳에 돌아갔다.

　詩集
　『내가 너 안에서 떠나려 할 때』가 있다.

　이에 실린 詩는
　대부분 엄혹한 병마와 싸우며 지어졌다.
　愚弟는 詩集을 낸 사람인데도,
　兄의 시를,
　一律에 묶어 제대로 보지 못했다.

耳順에 형을 다시 읽는다.
現實과 理想… 二律을 調和, 날줄 씨줄로 엮고,
넓은 가슴에 깊이 품어.
고운 線律에 실은, 格 높은 詩人이었구나!

이 깊고 아린 情을, 얼마나 부드럽게 말하는가.
때문에 얼마간 詩的 이었던
어린사람을 義弟 삼아주었구나!

아! 그리 가까웠으면서도
그 文藝와 삶을, 이제야 보다니……

글 읽는 이들은, 그를 읽었을 것이다.
耳順 지나는 愚弟는, 15년前 작별한 兄에게서 또 배운다.
秀才 德人은 먼저 가고,
鈍才 未成熟인 愚弟는, 여직 고난의 渦中에 있다.

2014. 6. 26

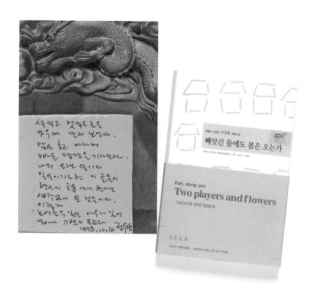

輓歌
– 法頂스님을 기리며

歲寒, 새벽, 山에 들어 구름 세월
이 빛 이 허공 中, 번뇌 何 많아

연꽃 진흙에 피고 진주 상처에 맺혀
꽃 피고 사리 돋아 어언 반백년

삶이 아파 山에 살고 사랑 그려 文에 실어
僧에 매이지 않고 俗에 머물지 않았으니

바랑은, 맑은 차 넘쳐 항시 흘러갔고
가슴은, 향근 꽃 피어 사철 붉었더라

그 빛 그 虛空 中, 길마루 이셨는데
지금 어드 메 어느 들녘 가고 계십니까

五臺山 저 봄꽃, 눈물 흘려 피어나고
산새들 지저대고 시냇물 흐느끼며 갑니다

庚寅年 二月 초하루 三間合掌拜上

※ 佛日庵에서 八十三年 한번 뵈었다.
  '언제나 지금은 있다' 하셨다.
  '夏安居 끝나면 오라' 하셨는데…

顯忠院에서

仁河야

봄 가기 전, 여름 오기 전 떠났구나
산 날보다, 훨 많은 날이 흘렀구나

虛慾 교차하며 한 호흡 자유롭지 못했다
어린 날, 싱그러움 다시는 만나지 못했다

새잎 새 빛깔이었지만 散花流水했고
나는야 허송세월, 고단한 旅程이었다

벗이여 평안하라 내년에 꼭 오겠다
八旬老母께서 신새벽에 오신다더라.

2010. 6. 6

* 禹仁河는 中學同窓이다.
  鷺梁津 언덕에 살며 黑石洞 사는 그와 친했다.
  電算을 공부하다 軍에 가서 病으로 돌아갔다.
  성품은 善良剛直하고 언행은 多情端雅하였다.
  歲月이 지났는데도,
  현충일 그의 墓所에는 늘 소주잔이 놓여 있다.

102

飛翔

봄 날
하얀 새 난다

샛바람에 난다
벗들 함께 난다

두루미로 난다
긴 목, 쭉 펴고 난다

검은 깃 숨기고
흰 깃으로 난다

검은 목 다한 곳에
하얀 마루 日月이 붉다.

己丑 立春

※ 蓮香 맑고 물맛 좋은 文井洞에
移居한 海雲先生에게 드립니다.

杏林研經
− 沈雨燮을 기리다.

꽃은 향기로 말하고
사람은 인품으로 말 한다

仙風道骨
이는 그를 두고 이르는 말이다

댕기로 書堂에 머물며
淸淡한 성격과 古雅한 언행을 닦았다

瑞巖문하에서 堅持不撓를 새겼고
松潭문하에서 篤學力行을 입었다

志于學에 瑞巖松潭 문하에 들었으니
悠久역사를 확신한 艮齋의 깊은 뜻을

今明에 발현할 유능한 재목이었고
게다가 書藝에 통하고 文藝에 밝았다

弱冠에 전자공학에 관심을 두어
한국학 D/B작업에 깊이 관여하였고

弘齋全書 承政院日記 등을 번역하고
청소년에게 明心寶鑑을 풀어 전하였다

세상이 뒤늦게 而立人才를 초빙하니
안암골에서 民族史를 연구하자 하였다

都下言論은 神奇해하며, 特筆로 반겼고
知己들은 安堵하며, 碩學을 기대하였다

허나 그는 東洋醫學의 外延을 확신
杭州 中醫學院에 유학, 醫師가 되었다

2014. 7. 4 聖斗監修

醫師 沈雨燮은 杏林研經院을 만들어
聖賢의 뜻을 醫術에 펼치기 시작하였으나

아! 梅花는 어이 일찍 피고 일찍 지는가
水土인가? 過勞인가? 丁亥仲夏 떠나갔다

北風寒雪 지났는데 큰 뜻만 남기고 갔다
沈生이 井邑에 왔다 浙江에서 散花하였다

하늘이 그를 보내고 급히 부름은
언뜻 보이고, 긴히 쓰기 위함일 것이다

天 難忱 斯 … 天道는 알 수 없구나
石泉盤石에 坐定한 모습, 하늘에 鮮하다

沈雨燮
나는 아직, 그대, 기다리고 있다

2014. 7. 4 三間書 聖斗監修

出航

－ 韓國承政院日記研究所 開所를 慶賀 드리며

아리수 흐르는 洗月里 빨래터
버드내 花暘 사는 都沙工 배 띄웠다

歲寒에 흔들리는 기축 섣달 초하루
銀臺에 남풍이니 天氣 본 듯 배 띄웠다

강 얼면 삿대가 秋霜이요
강 풀리면 돛대가 春風이다

沙工 三七人이니 航年 三七年이다
날로 저어 나아가고 달로 저어 셈하련다

별들로 길을 잡고 물결로 키 잡으리
山勢로 물길 알고 들에서 民心 알리

어제 간 日月이 이제 다시 떠 온다
옛님을 만나려나 새날이 오시려나

百餘星霜 서성여 古今史官 만나니
銀臺에 風雲일어 三世가 소통한다

歲月이 幾微보아 松柏에 나려오니
丹頂鶴 무리지어 長空에 비상한다.

※ 遷于詩社 一同이 己丑 立春에 매답니다.

崔淳雨 옛집에서

1

오래된 돌확에 水光이 새롭다
문을 닫으면 뜨락은 深山
經床을 물리니 잠 절로 온다
멀리 山棠花 웃고 茱萸香 그윽하다.

辛卯 九月 열이틀

* 혜곡(兮谷)선생님은 松都사람이다.
又玄 高裕燮先生 門下에서
秦弘燮 · 黃壽永 선생과 함께 배우셨다.

2

오래된 석상에 봄빛이 돌아드니
토방 끝 臥松은 편백의 벗이구나!
어디선가 매화 향 舍廊에 가득하고
木蓮 꽃망울 머금었고 牧丹 새잎을 내밀었다.

壬辰正月上元

※ 혜곡(兮谷)선생님은
　秋史의 歲寒圖를 좋아했을 것 같다.

四海一望

– 靑年 김연아

산에 올라 꽃을 피워 향을 나누었다
들에 내려 열매 맺어 꿈을 뿌리었다

열두 발 상모 山野에 굽이치고
대보름 봄 강, 마을을 휘돌며 소리한다

銀盤 위에 수놓아 날줄 긋고 씨줄 엮어
直藝로 솟구치고 曲藝로 돌아드니

無心은 손짓이요 忍苦는 발짓이라
그대는 銀盤司祭, 소망! 銀漢에 닿는다.

날은 별빛 같아 一直으로 달리고
몸은 달빛 같아 九曲으로 흘러드니

日月 얼굴에 뜨고 星辰 눈에 빛나
江山 굽이치듯 몸 춤추며 간다

긴 손 텅 비어 長空을 가리키고
긴 발 땅 차고 虛空에 떠오르니

어디선가 淸雅! 鋼琴소리 들리고
四海는 峨峨! 거마소리 멈추었다.

어느 산, 어느 들녘,
어느 순정한 능선이 그 대를 키웠는가

그대는 나래로 사유하는 天使
연푸른 봄 春雪 위를, 나르는 鶴

싱그럽다 열반微笑 사해가 바라본다
고맙다 銀盤司祭 사해가 깨닫는다

그대는 먼 산 넘고 긴 강 건너와
고요바다에 나는 無等의 仙鶴이로다.

                    庚寅年 正月 열 사흘날

＊ 오늘 사람들은 東西古今과 융합하여
  靑界를 움직인, 靑年 김연아의 눈물을 보았다.

  사랑은 경쟁 없고 無慾은 경계 없어.
  올림픽은 아름답고 靑界는 하나 되었다.

보이스키즈
– 靑少年 김명주

햇빛 귀한 중 피어난
地上의 목소리이기에

굳은 이 땅을 울렸고
眞珠처럼 스스로 빛났구나!

어느 日月이
그대 心琴을 울리었나

어느 바람이
그대 눈물을 말릴 건가

英雄은 少年이라던데
그대 이미 記錄되었으되

아직 소년이니
우리는 福되도다

英雄은
본디 깊은 슬픔에 일어

끝내 높은 희망에 서고
平原에 사는 日常이니

그대여 그래도
그 슬픔 조금만 더 노래하라

사람들 슬픔을 떠났으니
사람들 그늘을 잊었으니

그리고 애절한 素望을 세웠으니
그리하여 간절한 希望을 이루라

이 日月 새 기쁨을 누리고
이 땅에 새 행복을 보이라.

壬辰 立春之節

113

無窮花

아침, 無窮花 피는 四距離
연분홍 國華가 여린 듯 서있다

人道 건널목 파란 燈
車道 빨간 燈, 車가 가고 있다

어떤 시답지 않은 市民
國華 하나에게 다가가

시민 아무개라 인사한 뒤
'왜 빨간 불에 車가 가요' 여쭈니

"건너느니 없으면, 일터에 가니,
그리할 수 있다" 정중히 답한다

자원봉사자 四名은

「교차로 停止線은 아름다운 良心線」
　看板들고, 꼿꼿치 全面을 보고 있다

아름다웠다
시시콜콜 市民이었을 뿐이었다.

　　　　　甲午孟秋 警尉黃齊成님에게 드리다.

＊四距離, 북녘 무궁화 道峯署가 심었다는데.
　'남녘 무궁화는 누가 심으려나?' 기다려진다.

益山을 지나며

먼데 山野는 울긋불긋하고
가까이 갈대는 다습게 피어 있다

흰 구름 두 엇 롯天에 쉬니
野山 점점이 떠 있는 益山이다

汲古는 기러기 같아 鄕地에 거니는데
愚는 계절을 몰라 他關에 간다

계절은 가을이라던데
菊香은 그대로고 秋穀은 새롭구나

荷香時節 燕京에서 반겨 만나
紫禁城 해자거리 談笑하며 걸었다

曠野時節 詩社 遷于에 불러내어
千家詩 읊조리며 浣花溪에 노닐었다

같은 세월 向益山 去他關해도
비갠 秋月 아름다이 보고 있다

갈물 淸凉하여 萬頃에 들고
갈달 圓滿하여 萬象을 비추인다.

戊子 仲秋

옛 친구를 다시 만나서

− 安詩人을 생각하며

이보게, 이 얼굴이 그 얼굴인가
꽃바람에 실려, 저 산 무지개 따러 넘던
그 靑年이 바로 자네인가

江邊에 모래알 같은 歲月이었네
虛空에 쏘아진 화살 같은 瞬間이었네

살날, 새털 같았던 그 때부터
귀밑, 세월 無常한 지금까지
발밑에 널려있는 예쁜 꽃 보지 못하고
숲속 가득한 푸른 향기 느끼지 못한 채

萬穗求生 허덕이는 마음으로
뜬 구름 좇던 사람 여기 서있네

이룰 수 없는 꿈도 꾸어 보고
가질 수 없는 물건도 탐하였으며
상처만 남긴 사람도 사랑하였음에

먼지 자욱한 거미줄처럼
텅 빈 가슴으로 이렇게 다시 왔네

잊었다고 잊혀졌다고 생각한 얼굴들
世上事 何忙하니 돌고 돌아 太極이라

그 때 그 사람 서로 앞에 다시 섰으니
絶世離俗 竹林七賢 논하지 못할지나

北窓三友 벗하며 樽中日月 하여보세
다시 한잔 술을 자네에게 권하니
자네가 神仙이고 여기가 極樂이로세

己丑歲暮 李潛玄 敬立

* 李潛玄은 初等同窓이다.
  法學을 專攻하고 西歐에 건너가 協商學을 研究하였다.
  이제는 全國에 다니며 居間의 일을 알리고 있다.
  青少年期에 寒山詩를 읽고 내게 권유하였다.
  그의 허락을 얻어 이 글을 윤문하였다.

便紙
– 李道林에게 부치다

갈물 맑고 곱더니
함박눈 그리 많더니,
개나리 진달래 지천이다.

봄은 이리 왔는데
그대와 나는 늘 슬프다.

난 나의 슬픔을 알고
그대는 그대의 슬픔을 안다
하지만 나는 슬픔과 동행한다

어쩌면 세상에는
기쁨 모으기에 성공한 이가 없을 것 같다

살아야 되는 當爲 때문에 산다
아니 살아 있는 習慣 때문에 산다
철 덜 들어 철들기 바라며 산다

저 창황한 無情空間을
다 볼 수도 가질 수도 없다
限界를 다 넘을 수도 없다

산 높고 골 깊어 바다로 간다
하나 바다는 넓어 외롭다

屈原은 호수 가에 읊조렸고
時習은 시내에 띄웠고
秋史는 불살라 올리었다

뉘 하찮은 삶 어디 있었으며
뉘 고귀한 삶 여기 있었던가
생명은 바다다

산에서 산이 보이지 않아도
아무도 아무를 믿지 않아도

세월 !
바람에 실려 오고 구름에 흘러간다

독서 많고 사유 많았던 젊은 날
뜻은 산이었고 마음은 바다였지만

知命 지나 耳順 바라보며
삶이 별거 아니어 좋다

슬허마라. 걱정마라
많은 것을 보았노라
승패는 잊었노라

고독과 슬픔은 本質이다
사랑과 기쁨은 枝葉이다

술 한 잔하고 생각한다
'삶이 별거라더냐? 사는 게 삶이지'

숨 들이쉬고 숨 내쉬고
一呼一吸 中이다.

오늘은 이렇게 쓴다. 妄言多謝

122

秀英을 그리다

　秀英은 1999 己卯년 10월 16일 아침 아빠의 생일날 이 세상에 와서, 2014甲午년　6월 2일 새벽 수릿날, 저 세상으로 돌아갔다.

　그리고 열이틀 뒤 6월 14일, 광릉수목원 옆 瑞陵공원에 安置되었다.

　수영은 세 돓이 되기까지 착하고 예쁘고 册을 즐기는 건강한 아이였다. 광릉수목원에 자주 갔으며 순천 낙안읍성, 해남 땅끝마을, 영동 반야사에 가족과 함께 갔었다. 자신감 있고 웃는 모습이 좋아 주위의 企待가 있었다.

　그러나 뜻밖에 病魔를 만났고, 그는 열두 해 남짓 어미와 함께 渾身을 다해 맞섰다. 어미와 아비는 병원과 사원, 代替醫를 찾아 전국을 돌며 길을 찾기도 했다. 많은 의사와 선생님 그리고 도우미분들이 秀英과 어미를 도왔다. 어미는 쪽잠을 자며 十二年을 하루같이 스물네 시간 딸을 지키는 道人이었다. 수영은 얼마의 기억과 쇠잔한 기력으로 장애의 極限에서도 흐트러짐 없는 평안한 표정을 지었다. 그의 靈은 늘 깨어 밖에서 지쳐서야 귀가하는 아빠의 발자국소리를 놓치지 않았다. 어쩌다 만나는 아빠의 손길을 반겼는데, 올해 꽃피는 날 손을 잡으니, 表情이 어긋지며 눈물이 아롱졌다. 그리고 고개를 슬며시 비꼈다.

　이런 엄마와 그런 아빠사이에서 肉身만이 아니라 精神

의 苦行도 함께 하였다. 그날도 늦게 귀가하여 눈물을 닦아 주고 얼굴을 쓰다듬었다. 딸은 그 때까지 아빠를 기다렸던 것 같다. 한 시간 뒤 호흡이 어려워지며 숨을 멈추었다가, 다시 숨을 이었으나, 잠시 뒤 이 세상과 訣別했다. 寅時이었다. 아비는 그 때 수영 엄마에게 말했다. '수영의 고행은 끝났다. 수영은 修道者였고 당신은 道人이었다. 나는 罪人이다. 심판자가 있다면 나는 용서받지 못할 것이다.'

인생길이 나그네길이라지만, 秀英의 날은 많이 짧고 고행은 너무 길었다. 그의 바람은 극히 소박한 것이었다. 편한 호흡, 일어나 걷기, 사랑하는 이를 바라보기였다. 세상은 因果와 混沌이 섞여가지만, 秀英의 苦行과 無慾이면, 그가 짧은 시간 많이 이룬 결과이다. 생각하건데 病魔도 얼마간 느꼈을 것이고, 어느 세상에서도 이 修行이면 얼마간 自由로우리라 믿는다.

돌이켜 보건데 秀英이 온 날도 非常하였고 간 날도 그러하였으니, 나는 수영이 내게 일깨움을 주러온 生靈이라 생각된다. 지나온 삶은 고칠 수 없고, 이제는 삶의 방식을 바꾸어 秀英이 바랐던 아빠의 모습을 보여야 될 것 같다. '별은 져도 빛난다.' 들었다. 秀英 그는 이곳에 살아 자취가 있었고, 이제는 그곳에 살아 康健하고 自由로울 것이다.

銘曰
그 돋보임만 사랑하는 것이 아니고
그 어그러짐도 사랑해야 사랑이라 할 수 있겠다

딸이 어여쁠 때만 사랑했으니 아비라 할 수 없겠다

빛나는 날만 삶이라하겠는가
끝닿은 데 없던 열두해 고행을 마쳤으니
수영아 너의 긴 風霜은 修道의 삶이었다

어미는 한시도 네 곁을 떠나지 않았으니
차가운 운명 앞에 뜨겁게 맞선 도인이었다

아비는 한시도 네 곁에 있지 않았으니
냉엄한 시련 앞에 약해 빠진 겁쟁이이었다

미안하다 딸아
아비는 너를 지키지도 사랑하지도 못했구나

어미에게서 배운 강인함과 사랑으로
너의 修道로 어디 있던 밝고 편안해다오
언제까지도 미안하고 얼마라도 용서해다오

사랑한다 딸아 어느 時空에서도 사랑하마
딸아 착한 내 딸 秀英아

　　　　2014년 6월 14일 엄마 李京仁 아빠 安亨淳

※ 秀英아빠 친구 金血祚 幼女壙志 체제를 잡다.

後記

1.

"世上은 如前히 고통 속에서 눈부시다." 金薰
"얼굴을 陽地에 두면 그림자는 볼 수 없다."

Helen Adams Keller

2.

梅蘭의 계절은 가고 菊竹의 계절이다.
陽의 시대는 가고 있고 그늘에 빛이 들고 있다.
퓰리처상 수상작모음을 본다. 哀而不傷을 다시 읽는다.
눈물이 인간을 구원하고, 눈물 속에 삶이 피어난다.

3.

모든 것은 生成消滅 했지만, 青銅器 시대가 좋았다.
三佛 金元龍 선생은 호랑이를 좋아하셨다.
物權은 오직 자연의 것이었다. 다시 흩뿌려주라.
동식물도 監獄(농장, 목장)에서 풀어주라.
그들의 無知가 아니었다.
물권의 作亂이었다. 작란에 온 세상이 잡혀있다.
禪宗도 教宗도 그 어떤 寺院도 自然에 귀의하라.
三間에서 居間으로 간다. 그리고 無間……

三間, '그곳'에서 '이곳'으로

1. 前言

내가 안 선배를 만난 것은 28년 전, 그가 뒤늦게 대학원에 적을 두어, 막 대학을 졸업한 나와 함께 공부를 하던 때이다. 한 학기 수업을 같이 들었던 기억이 있을 뿐, 오랫동안 왕래가 없었다. 그러다 10년 전, 한시漢詩를 공부하는 모임인 '천우시사遷于詩社'에서 다시 만났다. 그가 시집을 낸 시인이라는 것도 그 때 알았다. 그 인연으로 가끔씩 그의 시들을 흘낏거렸고, 입바른 소리 잘하는 나는 다른 친구들이 어려워하는 선배인 그에게 되지도 않는 비평을 쏟아놓기도 했다.

그것이 실수였다! 세상과 잘 어울리지 않는 그는, 오랜만에 독자讀者다운 독자를 만났다고 득의만만得意滿滿하여, 시詩만 쓰면 내게 보내 '독후감讀後感'을 요구했다. 그러더니 급기야 자신의 시집에 서문이든 발문이든 써 달라고 보챘다. 이미 시집을 낸 시인으로, 아는 시인詩人도 있을 테고 文人도 있을 텐데, 왜 시인도 문인도 평론가도 그 무엇도 아닌 내게 그러느냐고 버텨 보았지만, 막무가내로 "꼭 최상근崔相根 당신이 써야 한다."고 고집을 부렸다. 빚 진 것도 없는데 조석朝夕으로 문을 두들기는 '빚쟁이 성화'에 더 이상 버틸 재간이 없어 알았노라고 답해 버린 것이 두 번째 실수였다. 하지만 내가 할 수 있는 일이란

128

기껏 그와의 인연因緣을 되새기거나, 그의 시에 촌평寸評을 더하는 수준에 불과할 것이다.

2. 時間

나는 그가 어떻게 살아왔는지, 험한 시대를 어떻게 건너왔는지 깊이 모른다. 그저 술에 취하면 언뜻언뜻 비치는 그의 우울한 푸념 속에서, 때로 지나치게 공격적이고 동시에 지나치게 방어적인 그의 행동에서, 그의 삶 일단一端을 엿볼 수 있었다.

그는 비유하자면 여린 코끼리 같다(그의 표정이나 모습도 동물에 비유하자면 코끼리에 가깝다). 세월이 지나 덩치는 커졌지만, 아직 울타리를 벗어나지 못하는 코끼리 같은, 그의 속에는 여전히 소년이 살고 있다. 하여, 그의 정신적 지향은 늘 유년幼年으로 회귀回歸한다.

耳順
날이 서럽다.
幼年으로 回歸한다.

－'自序' 중

1970년, 고등학생으로 명동입구 대성빌딩에 있는 흥사단興士團의 금요강좌金曜講座에 자주 드나들었다는 말을 들은 적이 있다. 아마 그의 물러서지 않는 우직함은, 순수했던 시절 흥사단에 드나들면서 받은 영향이 크리라 생각된다. 그렇게 형성된 '의식'이 '三間' 중 '時間'의 시편詩篇들에 보이는 말들을 낳은 모태가 되었을 것이다.

어인 일로 만나지 못하는가
무슨 當爲로 만남을 막아 왔는가

인민을 국민을 그리 위하는가
70년, 그리 민주 공화국이었나

도무지 이 算數는 어렵다
당최 된통 都無知 어렵다

所有와 序列,
그 그늘은 너무 가혹하다.

— '離散' 전문

남南이나 북北이나 국호는 모두 '민주공화국民主共和國'이지만 정작 인민人民과 국민國民의 아픔은 안중에 없다. 헤어진 지 70년이 다 되어가는 핏줄은, 그저 죽기 전에 한 번 만나보는 것이 소원일 뿐, 어떤 셈법도 존재할 것이 없다. 그런데 위정자들의 '算數는 어렵다.' 오직 소유(南)와 서열(北)로 대표되는 탐욕의 가혹한 그늘이 이산離散을 고착화시키는 현실을 아프게 꼬집는다.

시詩 끝에 시간을 표기하는 것은 詩家에서는 꺼리는 일이지만, 그가 굳이 그것을 피하지 않는 이유는, 그 시기

를 알아야 시詩를 제대로 이해할 수 있으리라는 노파심의
발로이다. 모든 시는 역사와 개인의 심정적心情的 만남 속
에서 나온다는 것이 그의 믿음이다.

옛 님 따라 가고 싶다
옛 강처럼 흐르고 싶다
甲子가 열이니 머묾이 오래다
時空 너머 어디 메 가고 싶다

— '崇禮有情 2' 중

그의 시선이 국보 제1호인 숭례문崇禮門 화재에 가 닿았
다. 그는 그것을, 례禮를 잃어버리고 문門이 제몫을 하지
못하도록 숭례문을 한 점點 섬으로 만들어 버린 현실 때
문에 빚어진 참극으로 이해한다. 언젠가 그는 말했다.
"광화문 앞 인도人道는 한성부漢城府와 덕수궁德壽宮을 좌우
에 두고 숭례문을 통과한 뒤, 홍교虹橋 건너 서울역 지나
만리재 넘어, 삼개[麻浦]에 닿아 뱃길로 이어져야 한다."
숭례문이 제 구실을 하려면 그 안을 통과하는 '사람의 길
[人道]'을 내야 한다는 발상이다. 그리고 옛길을 복원, 조
상祖上의 숨결을 느끼자는 것이다. 숭례문을 나와 홍교 위
에서 바라보는 서울산하는 그 정취가 예스럽고 새로울
것 같다.

정치적 사건에도 매우 민감하게 반응하는데, 어떤 대
통령, 취임식 날 쓴 시詩에서는 '임자 바뀐 반도半島 땅에
눈이 나린다/ −중략− /강에도 산에도 인간만 사는 땅에 눈

이 나린다'고 탄식하며(春雪), 용산 참사가 일어난 날에는
'탐학'과 분노가/ 이글거리는 거리'를 한탄하고 있다('戊子
섣달 龍山'). 2014년 4월 16일은, 진도珍島 앞바다에서 세월
호 참사가 일어난 날이다. 그는 만사輓詞처럼 쓴 시에서,

> 善함을 가져가 惡을 징계하는 신이
> 눈물어린 눈에 희망을 앗아 갔으니
>
> 아마 나쁜 신의 作亂일거야
> 아냐 나쁜 손의 작란이 분명해
>
> — '孟骨水道' 중

라고, 믿을 수 없는 현실을 아프게 노래하고 있다.

3. 空間

  '時間'에 배치된 그의 시詩가 대체로 현실의 부조리를
고발하고 사회의 어둡고 힘든 이웃에 에게 애잔한 눈길
을 보내는 것과는 달리, '空間'을 노래한 시편들은 대부
분 따스하고 평안한 분위기를 자아낸다.

> 허름한 木造이층, 김치찌개 집
> 문설주 옆 木蓮이 하양 어여뻐
>
> 골목 건너, 水雲회관 산수유
> 담벼락 넘어 연노랑 머금었다

할 일 없이 언제 피냐 물으니
빵모자 주인, '곧 핀다' 답한다

아무렇지 않은 답에 看板을 보니
'김치찌개 집' 그대로 쓰어 있다.

– '慶雲洞春' 전문

　서울은 그가 사십년四十年을 살았지만 썩 좋아하는 공간은 아니다. 그래도 군데군데 그의 애정이 묻어나는 곳이 있는데, 인사동과 낙원시장 근처도 그 중 한 곳이다. 나는 얼마 전 그의 손에 이끌려 낙원시장 들머리에 있는 밥집에 들어갔는데, 거긴 지금도 해장국 한 그릇에 밥 한 그릇을 2천원에 판다. 소주 반병은 천원이다. 이 시를 쓴 날도 그의 눈길은 '김치찌개 집'이라 쓴 간판과, 맞은편 수운회관水雲會館 담벼락에 기대 노란 꽃망울을 머금은 산수유에 머물렀던 모양이다.

　그의 시의 최장처最長處는 뭐니 뭐니 해도 낭만성일 것이다. 그의 낭만은 그러나, 늘 심연深淵에 있는 슬픔을 길어 올려 완성한 것이다. 공간空間을 읊은 그의 시들에 낭만성이 많이 담겨있는데, 다음 시詩는 내가 본 그의 시 가운데 가장 슬프고도 낭만적인 작품이다.

　三仙이 노닐던
　三仙橋에서 망태를 사고
　고향을 추억하는데

어디선가 꽃향기 그윽하다

푸리지아와 안개꽃
카네이션, 장미 실은 꽃마차

생각 없이 망태에 담아
산꽃 꽂은, 나무꾼 되어 돌아왔다.

- '꽃망태' 전문

그래서, 그는, 그날, 꽃망태를 진 나무꾼 되어 선녀를
찾아갔을까? 그랬을 것이다. (이제는 三仙이 노니는 그 곳으로 영영
떠나 이 세상엔 없는) 그의 선녀 같은 딸아이에게 보여주려, 덩
치에 걸맞지 않게 잔망스런 꽃망태를 지고, 헤살헤살 웃
으며 걸었을 것이다. 그 옛날 나무꾼들이 두건에 진달래
꽂고, 그 꽃 반갑게 받아들 사람을 보러 걸음을 재촉하
는 모습을 연상하며 걸었을 것이다.

4. 人間

'人間'은 기실 '時間'과 '空間'을 집으로 삼아 살다가, 또
그것을 무덤으로 삼아 돌아가는 존재이니 따로 떼어내어
설정할 것이 없다. 아니, 인간이 없다면 시간과 공간도
결국은 무의미할 터이니, 오히려 중심은 인간이 되어야
할 것이다. 그러니 그가 설정한 '人間'이란 결국 '時間'과
'空間'을 모두 아우르고 있는 것이다.

그의 인간관계는 그리 넓은 편이 아니다. 대신 깊다.

때로는 고금古今의 시간과 원근遠近의 공간을 넘어 배우고
교유한다.

>竹園의 처사를 자임하여
>一生 一處를 지켜내었다
>
>巖頭에 뿌리 내려
>西風 앞에 서있었다
>
>가슴을 비워 곧음을 노래하고
>몸을 젖히어 굽히지 아니했다
>
>日月이 차가와도 푸르고
>보는 이 없어서 더욱 푸르렀다
>
> - '頌竹歌' 竹夫 李簾衡선생님 萬壽를 축원하며 중

그의 교실은 여직 소문만큼 까다롭고
그의 글은 소문만큼 古今에 통한다

그의 배려는 멀어서 왠지 서먹한데
살면서 마음에 머무는 것은 왜일까

그의 안색은 밝지 않고 복색은 허름한데
그를 감싸고 있는 강건함은 무얼까

  - '難得疏通' 綱人 林葵澤선생님 퇴임에 붙여 중

자신을 가르친 은사들께 드리는 헌시獻詩이다. 은사들의 삶뿐 아니라 그분들의 신체적 특징이나 처지까지 아울러 묘사하여, 시만 보더라도 누구를 노래한 것인지 금세 알아챌 수 있을 정도이다. 오랜 세월 인간적인 교류가 없고서는 나올 수 없는 노래들이다.

그는 겉으로는 무뚝뚝해 보이지만, 천성이 자상하고 예민하여 주변 사람들을 살뜰히 챙긴다. 절친한 친구 김혈조金血祚 교수가 연암 박지원의 '열하일기' 번역을 마쳤다는 기사를 신문에서 보고는 그를 위해 시를 짓고('熱河日記 완역'에 부쳐), 인연 있는 승려를 위해서도 기꺼이 시를 짓는다(輓歌, 半月知命, 다시 길에 든다, 禪客). 그가 어려서부터 존경했던 시인 화가에게 일면식 없지만 시를 바치고, 전시회에서 감명 받은 그림에 시를 부치기도 한다(歸天, 一葉無帆, 울산바위). 먼저 간 선후배 친구에게도 시 한편을 지어 추도한다(正雨 兄에게, 杏林硏經, 顯忠院에서). 그리고 '천우시사'라는 모임에서 5년 남짓 漢詩를 함께 공부한 후배들을 챙기는 것도 잊지 않는다(出帆, 盒山을 지나며).

인간을 향한 그의 시선은 넓고도 깊어, 피겨 스케이팅 선수인 김연아를 향해, "싱그럽다 열반微笑 사해가 바라본다/ 고맙다 銀盤司祭 사해가 깨닫는다/ 그대는 먼 산 넘고 긴 강 건너와/ 고요바다에 나는 無等의 仙鶴이로다."('四海一望' -靑年 김연아 中)라고 노래하며, 어린 가수의 노래에 감동하여, "햇빛 귀한 중 피어난/ 地上의 목소리이기에/ 굳은 이 땅을 울렸고/ 眞珠처럼 스스로 빛났구나!"('보이스키즈' –青少年 김명주 中)라며 찬탄한다. 또 네거리에서 무궁화 꽃 피어나는 이른 아침, 교통안전을 지도하는 경찰을 보고, "무궁화 꽃 하나 은은히 피어 서있다"고 감탄하며 '無窮花' 시詩를 쓰는 등, 그의 눈길이 미치는 사람들은 모두 그의 시작詩作 대상이 된다. 인간에 대한 관심과 사랑 없이 할 수 없는 일임은, 말할 나위조차 없다.

5. 그림과 시

그는 글 쓰는 것을 '그리다'로 표현하곤 하는데, 그것은 그의 부친이 화상畵商이었던 연유로 어려서부터 그 분위기에 젖었기 때문이라 생각된다. 하여, 그의 작품 가운데는 그림을 보고 지은 시가 상당수 있다.

강고한 老松은
엄혹한 세월만큼 축이 간 몸인데

이미 오래전
直曲으로 길을 나누고 있다

빼어난 直幹은
無葉으로 畵宣넘어 가고 있고

옹이진 九曲幹은
一枝로 천고솔향 피우고 있다.

– '歲寒圖' 중

그의 스승 임형택林瑩澤 교수의 연구실 '익선재益善齋'에
서 세한도를 보고 지은 시이다. 어찌 보면 단순한 그림
인데, 그 그림을 정밀하게 관찰하고 그림 속에 깃든 정
신을 읽어내어 시로 묘사했다. 그런데 시의 내용은 그림
속, 나무에 대한 이야기만도 아니다. 시인은 그림을 그
린 추사秋史의 강고한 정신과 엄혹한 세월을 함께 읽어낸
것인데, 그것은 또한 '익선재' 주인의 그것과 절묘하게
오버랩 되고 있으니, 시인의 표현이 공교하다 아니 할 수
없다.

'최호철 화백畵伯의 '臥牛山 95'를 보며'에서는, "上水
桃花 蘭芝/ 神仙 없어 靑鶴 없다"라고 하여, 와우산 근처
동네 이름이 모두 선경(仙境)을 본뜬 것에 착안하였고, '風
竹'에서는, "靑竹이 바람에 맞서고 있다./ 一步도 물러서
지 않고 있다./ 北西로 角을 세워 陣을 치고/ 東南으로
어깨 걸고 일어나 있다."라고 하여, 바람에 잎새가 나부
끼는 대나무 그림의 모습뿐 아니라 그림속의 정신까지
기막히게 묘사하였다. 나는 그가 구사하는 시어가 중의
重義를 넘어 다의多義인 경우가 많아, 자세히 읽지 않으면
말을 놓치고 깊이 읽지 않으면 뜻을 놓친다고 생각한 적
이 많다. 위에 예시한 시들에 그런 특징이 보인다.

그의 시에는 선인先人들의 풍정風情과 고향故鄕의 풍류風流
를 이으려는 노력의 흔적이 있다. 그의 시는 음악성이 강
한데, 그의 고향인 장흥長興이 서편제의 고장이라서 그런
듯도 싶다.

어화! 벗님네야
無情歲月 슬허마소

세월 가도 봄은 오고
기다림 길어도 꽃은 피네

- '2011 忘年' 중

 단가조短歌調의 노래 한 가락. 바로 그것이다. 어릴 적
그는 五日場 날, 하네 할미 손을 잡고 장터에 가는 '조손
祖孫가정'의 장손長孫이었다는데, 약장수가 약을 파는 마당
은 으레 판소리와 국극國劇이 등장하는 일종의 문화장터
였다고 한다. 거기서 보고 들은 것들에 그는 耳目을 기
울였을 테고, 노인들이 사장射場 나무 아래서 시조 한가
락을 읊을 때면 골똘히 듣던 어린 청중이었을 것이다. 그
의 시를 흥얼거려보면 율격律格과 대구對句가 자연스레 스
며있음을 곧 느끼게 되는데, 어릴 적부터 그의 유전자에
인자印字된 그 무엇이 있어서 그럴 것이다. 그의 고향 장
흥은 소설가 이청준李淸俊, 송기숙宋基淑, 한승원韓勝源 등 문
인들이 성장한 땅이기도 하다.

 어떤 이는 그의 시에 한자漢字가 많이 보여 거슬린다고
말한다. 그러나 그가 한자를 많이 사용하는 것은 그 나
름의 의미가 깊다. 그는 한자어를 쓰면서 한자를 쓰지 않
음은 '눈 가리고 아웅'하는 격이며, 우리말은 한자와 함
께 써야 요철凹凸처럼 합이 맞아 더욱 발전하리라 생각한
다. 하여, 그의 시에는 한자가 많으며, 그가 구사하는 일

상 언어에도 한문 투가 유난히 많다. 이는 기본적으로는 그의 전공과 관련이 깊을 터이다. 게다가 그는 '나름 고수'들과 더불어 한시漢詩를 오년五年이나 공부했고 '천가시千家詩'를 삼년三年 가까이 다듬었다. 그러니 그의 시 안에 수천 년 묵은 한시의 냄새가 배어있는 것은 이상할 것이 없다.

> 그리우니 강 풀려
> 물소리 싱그럽고
>
> 만나니 山雲 탄 듯
> 긴 하늘 바라보고
>
> 어르니 산하 밝아
> 죽림이 탄금하고
>
> 헤어지니 백설고요
> 청솔 더욱 푸르더라.
>
> – '四時' 전문

중국 동진東晉 도연명陶淵明의 시로 알려진 '사시四時'를 그대로 본떠서 지은 것이다. 이처럼 직접 한시를 바탕으로 지은 작품이 아니라도 한시에서 모티브를 얻은 시는 일일이 거론할 수 없을 정도이다.

6. 三間, '그곳'에서 '이곳'으로

그의 시집 제목이 '三間 이곳에서'인 것은 뜻이 깊다. '삼간'은 초가삼간의 그 삼간이 아니다. '時間, 空間, 人間'의 삼간이다. 그의 호號도 삼간三間이다. 나는 몇 번이나 그의 시집의 이름을 그럴듯하게 바꾸라 권했지만 고집을 꺾지 않았다. 그의 첫 번째 시집의 제목은 '삼간 그곳에서'였다. 이제 이 시집의 제목을 '삼간 이곳에서'라고 붙인 것은, 저번 것의 속편續編인 셈인데, '그'에서 '이'로 글자 하나가 변變했을 뿐이지만, 그 변變의 무게는 그의 존재의 무게와 맞먹는다고 할 수 있다. 또한 그 거리는 시간이나 공간으로 헤아릴 수 있는 무엇이 아니다. '그곳'에서 '이곳'으로 오는 동안 해가 바뀐 것은 스무 번이 되지 않지만, 그는 억겁의 윤회보다 길고 깊은 강물속을 수없이 부침浮沈했다 한다. 그리하여 마침내 '三間 그곳'에서 '三間 이곳'으로 건너온 것이다. 그가 '그곳'에서 '이곳'으로 건너오는 동안, 하나뿐인 그의 혈육은 '三間 너머'로 영원히 건너갔다. 그 잔인한 운명에 그는 분노하고 절망하고 저항했는데, 정작 그의 무기는 기껏 술한 잔과 붓 한 자루뿐이었다. 그의 시, 전편에 흐르는 분노와 연민, 그리고 적막의 정조는 그의 운명과 무관하지않으며, 그것이 또한 그를 시인으로 만들었으니, 참으로시는 그에게 운명을 넘어 천형天刑과 같은 것인지도 모를일이다.

'그에게 시란 무엇인가?' 이것은 기실 '그에게 삶이란무엇인가?'처럼 막연하고 뜬금없는 물음이다. 그 물음에 대한 대답은 그의 시를 통해서만 찾을 수 있을 것이다.
'그의 시가 곧 그의 삶'이므로 두 번째 물음에 대한 답도
거기에 있다.

> 시를 쓰는 것은 슬픈 일이다
> 不眠에 쓰는 것은 더욱 슬프다
>
> 그런대로 한세상 살지 못하고
> 아쉬워 서성이며 있기 때문이다

- '正初' 중

그는 슬퍼서 시를 쓴다. 그가 불면의 밤을 새워 시를
쓰는 것은 '그런대로 한 세상 살지 못하고/ 아쉬워 서성
이며 있기 때문이다.' 이는 반어反語이다. 실은 그는 좋아
서 시를 쓰는 것이다. 불면의 밤을 새우며 쓰는 시는, 그
에게 '아쉬워 서성이는 한 세상'에 대한 저항이며 보상이
므로.

그의 시에는 '詩'가 참 많이 등장한다. 시를 위해 시를
쓰고, 시인을 위해 시를 쓰는 일이 그에게는 흔한 일이
다. 심지어는 '詩'를 이름으로 쓰는 고장을 찾아내어 '詩
의 山川'을 만났다며 의기양양이다.

> 詩야 詩야
> 詩人아 詩人아
>
> 시냇물 흘러가듯

詩川 詩川 너 가고 있구나!

- '詩川' 중

　그는 늘 제 삶 속에서 제 혼魂 속에서 詩를 부르고 시인
詩人을 부르는 주술 같은 행위를 반복한다. 그것은 어쩌
면 자신을 부르는 외침이다. 자신을 찾으려는 몸부림이
다. 하지만 시詩도, 시인詩人도 끝내 시냇물 흘러가듯 흘
러갈 뿐이다. 젊은 날의 저항과 외침은 이제 순응의 경
지로 바뀌었지만 그냥 무작정 흘러가지는 않는다. 끝내
시詩를 부르며 '詩川 詩川' 흐르며 가는 것이다. '詩川'이
라는 지명에서 '詩川 詩川'이라는 의성어인지 의태어인
지 둘 다인지 모호한 입말을 찾아낸 혜안이 놀랍다.

　　저기 저 전라도
　　井邑땅 七寶에 가면

　　詩山 詩山
　　산들이 떠간다 하더라!

- '詩山' 중

　시천詩川이 흘러가는 것이야 그렇다손 치더라도 왜 '詩
山'까지 '詩山 詩山' 흔들리며 떠간다고 묘사했을까? 이
세상에 영원히 머물러 있는 것은 없다고 믿는 까닭이다.
시간도, 공간도, 인간도 모두 잠시 이 땅에 머무는 것일
뿐이며, 머문다는 것도 정작 한 곳에 정착하는 것이 아
니라 끊임없이 떠돈다고 믿는 까닭이다. 그의 삶이 온통

삼간三間 속을 떠돌아다니는 그것으로 점철된 것이었음을
상기한다면 이해가 가는 터이다.

세상 모든 산 것과 죽은 것들, 산과 냇물, 시와 시인도
결국은 하늘로 돌아간다. 하여, 시산과 시천과 시인의 종
착점은 '歸天'이다.

> 靑山은 시내 되어 흐르고
> 詩人은 귀천! 귀천! 가고 있다.
>
> — '歸天' 중

마치 그의 삶의 행적이 시의 산과 시의 내川를 넘고 건
너서, 시의 하늘로 돌아가고자 하는 지향指向을 바라는 듯
하다.

안형순安亨淳은 다른 어떤 호칭보다, '시인詩人'으로 불리
는 것을 가장 애망哀望하였다. 그가 생각하는 시인은 어
떤 모습이며, 그는 어떤 시인이 되고 싶은 것일까?

> 어느 별에서 왔는가?
> 어느 산 어느 꽃의 손짓을 받아
> 어떤 日月을 어찌 건너 왔는가?
>
> 그리고 무엇이
> 그대를 그토록 애타하며
> 그 江山 그 바람 속에 서성이게 하는가?

떠나온 별을 그리워하며
떠날 수 없는 땅을 사랑하며
그대 그 二律에서 노래하는가

그대의 노래
언 날은 별빛 같아 차갑고
언 날은 날빛 같아 따스우니

그대는 陰陽의 調停者
神이 보낸 나그네
사슴과 짝패하며 烏鵲橋 놓고 있구나.

- '詩人' 전문

여기서의 시인은 세상에 이름을 가진, 혹은 이름을 갖지 못한 여느 시인이 아니다. 다른 누구도 아니고 이 시를 쓰고 있는 시인 자신이다. 그는 항상 서성이는 존재다. 떠나온 별도 그립고, 떠날 수 없는 이 땅도 사랑하는 이율二律의 서성거림 속에 사는 존재다. 별빛처럼 차갑고 날빛처럼 따스한 노래로 음양陰陽, 현실現實과 이상理想, 빈貧과 부富, 그리고 자유自由와 부자유不自由 등 온갖 이율을 하나로 고르고 한 가지로 아우른다. 그러므로 떠나온 '저' 별과 떠날 수 없는 '이' 땅은 서로 배반하지 않고 하나로 어우러진다. 그러니 그의 삶과 꿈은 일그러져 신산辛酸하지만, 끝내 파탄破綻에 이르지는 않을 것이다. 별빛처럼 차갑고 날빛처럼 따스한 詩 한 줄이 있는 한.

딸아

착한 내딸 秀英아

2014년 6월 14일

엄마 이정인 아빠 안형순

秀英父執 金血祚潛然而書

146

냉엄한 시련 앞에 약해빠진 겁쟁이이었다

미안하다 딸아

아비는 너를 지키지도 사랑하지도 못했구나

어미에게서 배운 강인함과 사랑으로

너의 修道로 어디 있던 받고 편안해다오

사랑한다 딸아 어느 時空에서도 사랑하마

빛나는 날만 삶이라 하겠는가

끝남은 데 없던 열두 해 고행을 마쳤으니

수행아 너의 긴 風霜은 修道의 삶이었다

어미는 한 시도 네 곁을 떠나지 않았으니

차가운 운명 앞에 뜨겁게 맞선 도인이었다

아비는 한 시도 네 곁에 있지 않았으니

이제는 그 곳에 살아 康健하고 自由로울

것이다

銘曰

그 돌보임만 사랑하는 것이 아니고

그 어그러짐도 사랑해야 사랑이라 할 수 있겠다

딸이 어여쁠 때만 사랑했으나 아비라 할 수 없겠다

그러하였으니 나는 수영이 내게 일깨움을 주려 온

生靈이라 생각된다 지나온 삶은 고칠 수 없고

이제는 삶의 방식을 바꾸어 秀英이 바랐던

아빠의 모습을 보여야 될 것 같다

별은 져도 빛난다고 들었다

秀英 그는 이곳에 살아 자취가 있었고

이를 바라보기 얼었다 세상은 因果와 混沌이

섞이어가지면 秀英의 苦行과 無能이면 그가

짝랜은 식깡 많이 이룬 결과이다 생각하건데

病魔도 얼마간 느깼을 것이고 애느 세상에서도

이 修行이면 얼마간 自由로우리라 믿는다

도으이커 볼거에 秀英이 혼나도 非常하였고 간 날도

수명의 고행은 끝났다 수명은 修道者였고

당신은 道人이였다 나는 罪人이라 심판자가 있다면

나는 용서받지 못할 것이다

인생길이 나그네길이라지만 素朴의 날을 많이

잡고 고행은 너무 길었다 그의 바람은 극히 소박

한 것이였다 편한 호흡 일어나 걷기 사랑하는

精神의 苦行을 함께 하였다 그 날은 오 늦게

歸家하여 눈물을 닦아주고 얼굴을 쓴다듬었다

딸은 그때까지 아빠를 기다렸던 것 같다

한 시간 뒤 호흡이 어려워지며 숨을 멈추었다가

다시 숨을 이었으나 잠시 뒤 이 세상과 訣別했다

演時이었다 아비는 그때 수영엄마에게 말 했다

153

지혜서야 귀가 하는 아빠의 발자국 소리를

놓치지 않았다 어쩌다 만나는 아빠의 손길을

빼앗는데 못해 꽃 피는 날 손을 잡으니

表情이 어긋지며 눈물이 아롱졌다

그리고 고개를 슬며시 비꼈다

이런 엄바와 그런 아빠 사이에서 肉身만이 아니라

그리고 도우미분들이 秀英과 어미를

도왔다 어미는 쪽잠을 자며 십이년을

하루같이 스물네시간 딸을 지키는 道人

이었다 수영은 얼마의 기억과 쇠잔한 기력으로

장애의 極限에서도 흐트러짐 없는 평안한

표정을 지었다 그의 靈은 늘 깨어 밖에서

모습이 좋아 주위의 企待가 있었다

그러나 뜻밖에 病魔를 만났고 그는 다해

열두해 남짓 어머와 함께 渾身을 다해

맞섰다 어머와 아비는 병원과 사원

代替醫를 찾아 전국을 돌며

길을 찾기도 했다 많은 의사와 선생님

옆 瑞陵 곰원에 安置 되었다

수명은 세 돌이 되기까지 착하고 예쁘고

册을 즐기는 건강한 아이였다 순천 낙안

광릉 수목원에 자주 갔으며

음성 해남 땅끝마을 영동 반야사에

가족과 함께 갔었다 자신감 있고 웃는

秀英을 그리다

秀英은 1999 己卯年 10월 16일 아침

아빠의 생일날 이 세상에 와서 2014 甲午년

6월 2일 새벽 수릿날 저 세상으로 돌아갔다

그리고 열이틀 뒤 6월 14일 광릉 수목원

幼女壙志

安秀英

| 사진제공 |

- 白凡 金九先生 記念事業會
- 全羅南道 道立 玉瓜美術館(雅山 趙邦元 紀念館)
- 藍丁美術館(타임기획)
- 千祥炳 紀念事業會
- 友竹 楊鎭尼 先生
- 樂園表具社(古書畵保存研究所)
- 雲谷 姜張遠 畵室
- ㈜ 澗松씨앤디
- 陰城 꽃동네 사랑研修院
- 慶雲洞 김치찌개집
- 權奇允畵室
- 法古創新齋
- 崔淳雨 옛집 (재)내셔널트러스트 문화유산기금
- 般若寺
- 達磨禪院
- 최호철 화실
- 柳天煒 사진작가
- 金雨顯 사진작가

* 雅山선생님은 先親과 五十餘年 呼兄呼弟하셨다. 두 분은 氣質은 다르셨으나 평생에 友誼를 지키셨다. 선생님께서는 不肖에게 멀리서 갚을 길 없는 은혜를 주시었다. 특히 拙詩 「三間 그곳에서」의 表題畵를 내려주어 격려해 주시었다. 不肖는 未成熟하여 敢히 禮를 드리지 못하였으나, 이제라도 평생 欽慕하였던 情을 두려운 마음으로 선생님 靈前에 내밉니다. 感謝합니다. 罪悚합니다……

安亨淳 울며 절하며 이 글을 올립니다.

雅山

- 趙邦元 先生님 영전에 바칩니다.

아!
雅山 아름다운 山
눈물 아롱지며 별빛으로 빛났다
으아!
啞山 말 없는 山
묵언 중, 정언하고 무심 중, 유심했다
山은 屬國에 솟아 代理戰 넘어
四一九 五一六 五一八을 지났으나,
山은 逆境 앞에 嵯峨했으니
無等처럼 따스했고 方丈처럼 莊嚴했다

그 山은 숲을 길러 江을 낳고
소 함께, 밭 일궈 弟子를 보육했다
그 山의 샘은 용솟음쳐 산들을 깨우고
대지를 적시며 진양조로 흘렀다
노래는 그리움이었고 삶은 그림자였고
사람은 湖水 같아 만물을 그렸더라
뜻은 天地의 氣運를 받고
일은 民草의 마음을 얻어

山은 구비쳐 흘렀더라
씨앗을 뿌리고 거두지 않으니
씨앗은 자유로워 씨알을 낳고 또 씨알을 낳아
씨앗들 제목소리로 저답게 노래하니
茂盛토다 노래여 玄妙토다 사랑이여
아수라 狂風 앞에, 있는 그대로,
一列 序列 앞에, 나부끼는 太極처럼 살았다
洋風이 판을 치는 양아치 세상에
土種의 정신으로 높은 산 표범으로 살았다

진즉 歸鄕하여 市井을 멀리하고
南道國樂을 保全하여 民族情緖를 지켜 내었고,
歷史歸還을 豫知·刻心하고 문화의 眞髓,
簡札을 收集·守藏하여 나라에 드렸으며,

水墨으로 陰陽을 표출하고,
바우와 古木, 그림자 비추이는 맑은 내를 기뻐했고
雪中에 梅花를 몸으로 그리었으니,
말없는 아름다운 山 ! 드높은 선비의 기상

그 매화 三千里 雅山에 피어날 것이니,
그 향기 四海 萬邦에 퍼져 갈 것이외다.

甲午 重九節